BIBLIOTHÈQUE PATRIOTIQUE & REPUBLICA
ILLUSTRÉE
LES LIVRES DU PEUPLE
N° 44
LONGUS
—
DAPHNIS & CHLOÉ
III
10 CENTIMES
10 CENTIMES
L. BOULANGER
ÉDITEUR
SOUS LA DIRECTION DE J. LERMINA
AF317713

MODE DE PUBLICATION

Il paraît un volume par semaine. Chaque volume pris chez l'éditeur ou chez les libraires ou marchands de journaux, coûte 10 Centimes.

Chaque volume envoyé *franco* par la poste, coûte 15 Centimes.

Cette augmentation n'est pas autre chose que le prix réclamé par la poste. — Les cinquante premiers volumes sont :

1. Victor Hugo. — A travers son Œuvre.
2. Général Boulanger. — Biographie et Discours.
3. Molière. — Les précieuses Ridicules.
4. Gambetta. — L'affaire Baudin.
5. Papiers et Correspondances de la Famille impériale.
6. Diderot. — Ceci n'est pas un Conte.
7. Ch. Floquet. — Paris et la République.
8. J.-J. Rousseau. — Confessions. — L'Enfance.
9. Ch.-L. Chassin. — Le Centenaire de 89.
10. Jules Claretie. — Les Derniers Montagnards.
11. J. Grévy. — Biographie et Discours.
12.
13. } Voltaire. — Candide.
14. Racine. — Les Plaideurs.
15. Restif de la Bretonne. — Les vingt épouses des Vingt associés.
16. Thiers. — Le 18 mars.
17. Desaugiers. — Chansons.
18. Danton. — La Patrie en danger.
19. Les Jésuites et leurs instructions secrètes.
20. Mercier. — Paris en 1789.
21. Jules Lermina. — La France martyre.
22.
23. } Molière. — Le Tartufe.
24. Hégésippe Moreau. — Contes. — La Souris blanche.
25. Journiac Saint-Méard. — Mon Agonie (1793).
26. Mirabeau. — Opinions et Discours.
27.
28. } Beaumarchais. — Le Barbier de Séville.
29. Lafontaine. — Fables.
30. J.-J. Rousseau. — Le Contrat social.
31. Barbès. — Deux jours de Condamnation à mort.
32. Molière. — L'Ecole des Maris.
33. Diderot. — Les deux Moines.
34.
35. } Beaumarchais. — Le Mariage de Figaro.
36.
37. Tony Révillon. — Hoche.
38. Lamennais. — Le Livre du Peuple.
39.
40. } X. de Maistre. — La jeune Sibérienne.
41. Edouard Lockroy. — Biographie et Extrait.
42.
43. } Longus. — Daphnis et Chloé.
44.
45. Voltaire. — Poésies.
46. Eugène Spuller. — Biographie et Discours.
47. Corneille. — Le Menteur.
48.
49. } Rabelais. — Gargantua.
50. Camille Desmoulins. — La Lanterne.

LONGUS

DAPHNIS ET CHLOÉ

(Suite et Fin).

Il y eut durant cet été grande presse et pourchas amoureux autour de Chloé pour l'avoir en mariage ; et venait-on de tous côtés la demander à Dryas. Aucuns lui portaient des présents, et tous lui faisaient de grandes promesses ; tellement que Napé, mue d'avarice, lui conseillait de la marier, et ne tenir point plus longtemps une fille si grande en sa maison ; que si on ne hâtait de lui donner mari, elle pourrait à l'aventure bientôt, en gardant ses bêtes par les champs, perdre son pucelage, et se marier pour des pommes ou des roses avec quelque berger ; et ce, disait Napé, valait mieux pour le bien d'elle et d'eux aussi, la faire maîtresse de la maison de quelque bon laboureur, et prendre ce qu'on leur offrirait, qu'ils garderaient à leur propre fils. Car, non guère auparavant, leur était né un petit garçon. Et Dryas lui-même quelquefois se laissait aller à ces raisons ; aussi que chacun lui faisait des offres bien au-delà de ce que méritait une simple bergère ; mais considérant puis après que la fille n'était pas née pour s'allier en paysannerie, et que s'il arrivait qu'un jour elle retrouvât sa famille, elle les ferait tous heureux, il différait toujours d'en rendre certaine réponse, et les remettait d'une saison à l'autre, dont lui venait à lui cependant tout plein de présents qu'on lui faisait.

Ce que Chloé entendant en était fort déplaisante, et toutefois fut longtemps sans vouloir dire à Daphnis la cause de son ennui. Mais voyant qu'il l'en pressait et importunait souvent, et s'ennuyait plus de n'en rien savoir qu'il n'aurait pu faire après l'avoir su, elle lui conta tout : combien ils étaient de poursuivants qui la demandaient; combien riches; les paroles que disait Napé à celle fin de la faire accorder, et comment Dryas n'y avait point contredit, mais remettait le tout aux prochaines vendanges. Daphnis, oyant telles nouvelles, à peine qu'il ne perdit sens et entendement, et se séant à terre, se prit à pleurer, disant qu'il mourrait si Chloé cessait de venir aux champs garder les bêtes avec lui, et que non lui seulement, mais que les brebis et moutons en mourraient de déplaisir, s'ils perdaient une telle bergère. Puis, y ayant un peu pensé, il reprit courage, et se mit en tête qu'il la pourrait avoir lui-même, s'il la demandait à son père, espérant facilement l'emporter sur tous les autres, et leur être préféré. Une chose pourtant le troublait ; Lamon n'était pas riche; ce seul point lui affaiblissait fort son espérance. Toutefois il se résolut, quoi qu'il en pût arriver, de la demander à femme, et Chloé même en fut d'avis. Si n'en osa de prime abord rien dire à Lamon, mais découvrit plus hardiment son amour à Myrtale, et, lui tint propos comme il désirait épouser Chloé.

Myrtale la nuit en parla à son mari. Mais Lamon le trouva fort mauvais, et appela sa femme bête, de vouloir marier à une fille de simples bergers tel gars, à qui elle savait bien que les marques et enseignes trouvées quand et lui promettaient autre fortune, et qui un jour ou l'autre, étant reconnu des siens, les pourrait, eux, non-seulement affranchir de servitude, mais les faire maîtres de meilleure et de plus grande terre que

celle qu'il tenait comme serfs. Myrtale toutefois crai-
gnant que le garçon épris d'amour, s'il perdait ainsi
tout espoir de ce que tant il désirait, ne fût capable de
quelque funeste résolution, lui allégua d'autres motifs et
prétexte de refus : « Nous sommes, ce lui dit-elle, pauvres, mon enfant, et avons besoin d'une fille qui nous
apporte, plutôt qu'à qui il faille donner : au contraire,
ils sont riches, eux, et si veulent avoir un mari qui
leur donne. Mais va, fais tant envers Chloé, et elle envers son père, qu'il ne nous demande pas grand'chose,
et qu'il te la donne en mariage. Sans doute elle t'aime
aussi, et elle aimera bien mieux coucher avec toi pauvre et beau, qu'avec pas un de ceux-là, qui sont riches
et laids comme marmots. »

Myrtale crut par ce moyen avoir doucement éconduit
Daphnis ; car elle tenait pour tout assuré que jamais
Dryas n'y consentirait, ayant en main de plus riches
partis qui lui offraient beaucoup de bien. Daphnis, quant
à lui, ne se pouvait plaindre de la réponse, mais se
voyant si loin d'espérance, fit ce que les amants qui
sont pauvres ont accoutumé de faire : il se prit à pleurer, et invoqua les Nymphes, lesquelles la nuit ensui-
vante, ainsi qu'il dormait, s'apparurent à lui en même
forme et manière que la première fois ; et lui dit la
plus âgée d'elle : « A un autre dieu touche le soin du
mariage de Chloé : nous te donnerons, nous, de quoi
gagner Dryas. Le bateau des Méthymniens, dont tes
chèvres broutèrent le lien l'année passée, fut ce jour-
là par les vents emporté bien loin de terre : mais d'autres souffles la nuit le jetèrent contre la côte, où il pé-
rit et tout ce qui était dedans, sinon qu'avec le débris
l'onde poussa sur la grève une bourse de trois cents
écus, et est là couvertes d'algues, près d'un dauphin
mort, qui a été cause que nul passant ne s'en est encore
approché, fuyant un chacun la puanteur de cette pour-
riture. Vas-y, prends la bourse, et la donne. Ce

sera assez à cette heure pour montrer que tu n'es point pauvre : mais un temps viendra que tu seras riche. »

Aussitôt dites ces paroles, elles disparurent avec la nuit ; et le jour commençant à poindre, Daphnis se leva tout joyeux, chassa ses bêtes aux champs avec les sons accoutumés, et ayant baisé Chloé, salué les Nymphes, s'en courut au bord de la mer, comme s'il eût voulu s'asperger d'eau marine. Là, se promenant sur le sable, il allait partout regardant s'il trouverait point ces trois cents écus, à quoi il n'eût pas grand'peine : car la mauvaise odeur du dauphin corrompu lui donna incontinent au nez et lui servit de guide jusqu'au lieu, où ayant écarté les algues, il trouva dessous la bourse pleine, qu'il enleva, et la mit dans sa pannetière. Mais il ne partit point de là qu'il n'eût adoré et remercié les Nymphes, et même la mer ; car, tout berger qu'il était, il aimait la mer alors, et elle lui semblait douce et bonne plus que la terre pource qu'elle l'aidait à parvenir au mariage de son amie. Etant saisi de cet argent, il n'attendit pas davantage ; ainsi s'estimant le plus riche, non pas seulement de tous les paysans de là entour, mais aussi de tous les vivants, s'en alla droit à Chloé, lui conta le songe qu'il avait eu, lui montra la bourse qu'il avait trouvée, et lui dit de garder leurs bêtes jusqu'à ce qu'il fût de retour ; puis prit sa course vers Dryas, lequel il trouva battant le blé dans l'aire avec sa femme Napé. Si lui commença un brave propos, en lui disant ces paroles :

« Donne-moi Chloé en mariage. Je sais bien jouer de la flûte, je sais bien besogner aux vignes et aux arbres, labourer la terre, vanner le blé au vent ; et comment je sais gouverner les bêtes, elle-même Chloé te le peut témoigner. On me bailla au commencement cinquante chèvres ; je les ai fait multiplier deux fois autant ; et si ai élevé de beaux et grands boucs jusqu'à dix, là où premièrement n'en ayant que deux, uous fallait la plupart du temps mener nos chèvres ailleurs ; et si suis jeune et votre voisin, de qui nul ne se saurait plaindre. Une chèvre m'a nourri, comme Chloé une brebis ; et, bien que pour tant de choses je dusse être préféré aux autres qui la demandent, encore ne donnerai-je plus qu'eux. Ils te donneront, eux, quelques chèvres, quelques moutons, quelque couple de bœufs galeux, du blé de quoi nourir trois poules ; mais moi, voici trois cents écus. Seulement, je te prie, que personne n'en sache rien, non pas même mon père Lamon. » En disant ces mots, il lui délivra l'argent, et le baisa quant et quant.

Dryas et Napé, voyant si grosse somme de deniers qu'ils n'en avaient jamais tant vu ensemble, lui promirent aussitôt qu'il aurait Chloé pour sa femme, et dirent qu'ils feraient bien trouver bon ce mariage à Lamon. Si demeurèrent Daphnis et Napé à chasser les bœufs sur l'aire, et faire sortir avec la herse le blé des épis, pendant que Dryas, ayant premièrement serré la bourse et l'argent, s'en alla devers Lamon et Myrtale, pour leur demander, à vrai dire au rebours de la coutume, le jeune garçon en mariage.

Il les trouva qu'ils mesuraient l'orge après l'avoir vannée, et se plaignaient qu'à grande peine en recueillaient-ils autant comme ils en avaient semé. Il les reconforta, disant qu'ainsi était-il partout : puis leur demanda Daphnis à mari pour Chloé, et leur dit que, combien que d'autres lui offrissent et donnassent beaucoup pour l'accorder, il ne voulait d'eux rien avoir, ains plutôt était prêt à leur donner du sien. Car ils ont, disait-il, été nourris ensemble, et, gardant leurs bêtes aux champs, se sont pris l'un l'autre en telle amitié, qu'il serait maintenant malaisé de les séparer ; et si étaient bien d'âge tous deux pour coucher ensemble. Il leur alléguait ces raisons et assez d'autres, comme celui qui, pour loyer de les persuader, avait reçu trois cents écus.

Lamon ne pouvant plus s'excuser sur sa pauvreté, puisque les parents mêmes de la fille l'en priaient, ni sur l'âge de Daphnis, car il était déjà en son adolescence bien avant, n'osa néanmoins dire encore à quoi tenait qu'il n'y consentît, qui était que tel parentage ne convenait point à Daphnis; mais après y avoir un peu de temps pensé, il lui répondit en cette sorte : « Vous êtes gens de bien de préférer vos voisins à des étrangers, et de n'aimer point plus la richesse que l'honnête pauvreté. Veuillent Pan et les Nymphes vous en récompenser ! Et quant à moi, je vous promets que j'ai autant d'envie comme vous que ce mariage se fasse ; autrement serais-je bien insensé, me voyant déjà sur l'âge et ayant plus besoin d'aide que jamais, si je n'estimais un grand heur d'être allié de votre maison ; et si est Chloé telle que l'on la doit souhaiter, belle et bonne fille, et où il n'y a que redire. Mais étant serf comme je suis, je n'ai rien dont je puisse disposer, ains faut que mon maître le sache et qu'il y consente. Or donc différons, je vous prie, les noces jusques aux vendanges, car il doit, au dire de ceux qui nous viennent de la ville, se trouver alors ici ; et lors ils seront mari et femme, et en attendant s'aimeront comme frère et sœur. Mais veux-tu que je te dise? tu prétends pour gendre, Dryas, un qui vaut trop mieux que nous. » Cela dit, il le baisa et lui présenta à boire ; car il était jà près de midi ; et le convoya au retour quelque espace de chemin, lui faisant caresses infinies.

Mais Dryas, qui n'avait pas mis en oreille sourde les dernières paroles de Lamon, s'en allait songeant en lui-même qui pouvait être Daphnis : « Une chèvre fut sa nourrice, les dieux ont eu soin de lui. Il est beau, et ne tient en rien de ce vieillard camus ni de sa femme pelée. Il a trouvé à son besoin ces trois cent écus ; à peine pourrait un chevrier finer autant de noisettes. N'aurait-il point été exposé comme Chloé? Lamon l'aurait-il point trouvé, comme moi cette petite, avec telles marques et enseignes comme j'en trouvai quant à elle? O Pan, et vous, Nymphes, veuillez qu'il soit ainsi? A l'aventure, un jour Daphnis, reconnu de ses parents, pourra bien faire connaître ceux de Chloé aussi. »

Dryas s'en allait discourant et rêvant ainsi en lui-même jusqu'à son aire, où il trouva le gars en grande dévotion d'ouïr quelles nouvelles il apportait. Si le reconforta en l'appelant de tout loin son gendre; lui promit les noces sans fautes aux prochaines vendanges, lui donna la main, foi de laboureur, que Chloé jamais ne serait à autre que lui. Daphnis aussitôt, sans vouloir ni boire, ni manger, s'en recourut vers elle; et l'ayant trouvée qui tirait ses brebis et faisait des fromages, il lui annonça la bonne nouvelle de leur futur mariage, et de là en avant ne feignait de la baiser devant tout le monde, comme sa fiancée, et l'aider en toutes ses besognes, tirait les brebis dans les seilles, faisait prendre le lait pour en faire des fromages, mettait les agneaux sous leur mère, comme aussi ses chevreaux à lui; puis quand tout cela était fait, ils se baignaient, mangeaient, buvaient; puis allaient, en quête des fruits mûrs, dont il y avait grande abondance, pource que c'était après l'août, dans la richesse de l'automne; force poires de bois, force nèfles et azeroles, force pommes de coing les unes à terre tombées, les autres aux branches des branches des arbres. A terre elles avaient meilleure senteur, aux branches elles étaient plus fraîches; les unes sentaient comme malvoisie, les autres reluisaient comme or.

Parmi ces pommiers, un ayant été déjà tout cueilli, n'avait plus ni feuille, ni fruit. Les branches étaient nues, et n'était demeuré qu'une seule pomme à la cime de la plus haute branche. La pomme, belle et grosse

à merveille, sentait aussi bon et mieux que pas une ;
mais qui avait cueilli les autres n'avait osé monter si
haut, ou ne s'était soucié de l'abattre ; ou possible une
si belle pomme était reservée pour un pasteur amoureux. Daphnis ne l'eût pas sitôt vue, qu'il se mit en de-
voir de l'aller cueillir. Chloé l'en voulut garder, mais
il n'en tint compte : pourquoi elle, peureuse et dépite
de n'être point écoutée, s'en fut où étaient leurs troupeaux ; et Daphnis, montant au fin faîte de l'arbre,
atteignit la pomme qu'il cueillit et la lui porta ; et la
voyant malcontente, lui dit telles paroles : « Cette pomme,
Chloé, ma mie, les beaux jours d'été l'ont fait naître ;
un bel arbre l'a nourrie, puis mûrie par le soleil ; fortune l'a conservée. J'eusse été aveugle vraiment de ne
pas voir là, et sot l'ayant vue de l'y laisser, pour qu'elle
tombât à terre et fût foulée aux pieds des bêtes ou en-
venimée de quelque serpent qui eût frayé au long ; ou
bien demeurant là-haut regardée, admirée, enviée, eût
été gâtée par le temps. Une pomme fut donnée à Vénus
comme à la plus belle ; tu mérites aussi bien le prix.
Ayant même beauté l'une et l'autre vous avez juges pa-
reils. Il était berger, lui ; moi, je suis chevrier. »

Disant ces mots, il mit la pomme au giron de Chloé :
et elle, comme il s'approcha, le baisa si soèvement
qu'il n'eût point de regret d'être monté si haut pour un
baiser qui valait mieux à son gré que les pommes d'or.

LIVRE QUATRIÈME

Cependant un des gens du maître de Lamon, envoyé
de la ville, lui apporta nouvelles que leur commun seigneur viendrait un peu devant les vendanges voir si la
guerre aurait point fait de dommages en ses terres ;
à l'occasion de quoi Lamon, étant la saison avancée

et passé le temps des chaleurs, accoutra diligemment logis et jardins, pour que le maître n'y vît rien qui ne fût plaisant à voir. Il cura les fontaines afin que l'eau en fût plus nette et plus claire; il ôta le fumier de la cour, crainte que la mauvaise odeur ne lui en fâchât; il mit en ordre le verger, afin qu'il la trouvât plus beau.

Vrai est que le verger de soi était une bien belle et plaisante chose, et qui tenait fort de la magnificence des rois. Il s'étendait environ demi-quart de lieu en longueur et était en beau site élevé, ayant de largeur cinq cents pas, si qu'il paraissait à l'œil comme un carré allongé. Toutes sortes d'arbres s'y trouvaient : pommiers, myrtes, mûriers, poiriers, comme aussi des grenadiers, des figuiers, des oliviers, en plus d'un lieu de la vigne haute sur les pommiers et les poiriers, où raisins et fruits mûrissant ensemble, l'arbre et la vigne entre eux semblaient disputer de fécondité. C'étaient là les plants cultivés; mais il y avait aussi des arbres non portant fruits et croissant d'eux-mêmes, tels que platanes, lauriers, cyprès, pins; et sur ceux-là, au lieu de vigne, s'étendaient des lierres, dont les grappes, grosses et jà noircissantes, contrefaisaient le raisin. Les arbres fruitiers étaient au dedans vers le centre du jardin, comme pour être mieux gardées, les stériles aux orées tout alentour comme un rempart; et tout cela clos et environné d'un petit mur sans ciment. Au demeurant tout y était bien ordonné et distribué, les arbres par le pied distants les uns des autres; mais leurs branches par en haut tellement entrelacées, que ce qui était de nature semblait exprès artifice. Puis y avait des carreaux de fleurs, desquelles nature en avait produit aucunes et l'art de l'homme les autres; les roses, les œillets, les lis y étaient venus moyennant l'œuvre de l'homme; les violettes, le narcisse, les marguerites de la seule nature. Bref, il y avait de l'ombre en été, des fleurs au printemps, des fruits en automne, et en tout temps toutes délices.

On découvrait de la grande étendue de plaine, et pouvait-on voir les bergers gardant leurs troupeaux et les bêtes ennemi les champs ; de là se voyait en plein la mer et les barques allant et venant au long de la côte, plaisir continuel joint aux autres agréments de ce séjour. Et droit au milieu du verger, à la croisée de deux allées qui le coupaient en long et en large, y avait un temple dédié à Bacchus avec un autel, l'autel tout revêtu de lierre, et le temple couvert de vigne. Au dedans étaient peintes les histoires de Bacchus ; Sémélé qui accouchait, Ariane qui dormait, Lycurgue lié, Penthée déchiré, les Indiens vaincus, les Tyrrhéniens changés en dauphins, partout des Satyres gaiement occupés aux pressoirs et à la vendange, partout des Bacchantes menant des danses. Pan n'y était point oublié, ains était assis sur une roche, jouant de sa flûte, en manière qu'il semblait qu'il jouât une note commune, et aux Bacchantes qui dansaient, et aux Satyres qui foulaient la vendange.

Le verger étant tel d'assiette et de nature, Lamon encore l'appropriait de plus en plus, ébranchant ce qui était sec et mort aux arbres, et relevant les vignes qui tombaient. Tous les jours il mettait sur la tête de Bacchus un chapeau de fleurs nouvelles ; il conduisait l'eau de la fontaine dedans les carreaux où étaient les fleurs ; car il y avait dans ce verger une source vive que Daphnis avait trouvée, et pour ce l'appelait-on la fontaine de Daphnis, de laquelle on arrosait les fleurs. Et à lui, Lamon lui recommandait qu'il engraissât bien ses chèvres le plus qu'il pourrait, parce que le maître ne faudrait à les vouloir voir comme le reste, n'ayant de longtemps visité ses terres et son bétail.

Mais Daphnis n'avait pas peur qu'il ne fût joué de quiconque verrait son troupeau ; car il l'avait accru du double, et montrait deux fois autant de chèvres comme on lui en avait baillé, n'en ayant le loup ravi pas une ; et ils étaient en meilleur point et plus grasses que les ouailles. Afin néanmoins que son maître en eût de tant plus affection de le marier où il voulait, il employait toute la peine, soin et diligence qu'il pouvait à les rendre belles, les menant aux champs dès le plus matin, et ne les ramenant qu'il ne fût bien tard. Deux fois le jour il les faisait boire, et leur cherchait tous les endroits où il y avait meilleure pâture ; il se souvint aussi d'avoir des battes neuves, force seilles à traire, et des éclisses plus grandes ; enfin, tant il y mettait d'amour et de souci, il leur oignait les cornes, il leur peignait le poil : à les voir on eût dit proprement que c'était le troupeau sacré du dieu Pan. Chloé en avait la moitié de la peine, et, oubliant ses brebis, était la plupart du temps embesognée après les chèvres ; et Daphnis croyait qu'elles ne semblaient belles à cause que Chloé y mettait la main.

Eux étant ainsi occupés, vint un second messager dire qu'on vendangeât au plutôt, et qu'il avait charge de demeurer là jusqu'à ce que le vin fût fait, pour, puis après, s'en retourner en la ville quérir leur maître, qui ne viendrait sinon au temps de cueillir les derniers fruits, sur la fin de l'automne. Ce messager s'appelait Eudrome, qui vaut autant dire comme coureur, et était son métier de courir partout où on l'envoyait. Chacun s'efforça de lui faire la meilleure chère qu'on pouvait. Et cependant ils se mirent tous à vendanger, si qu'en peu de jours on eut dépouillé la vigne, pressé le raisin, mis le vin dans les jarres, laissant une quantité des plus belles grappes aux branches pour ceux qui viendraient de la ville, afin qu'ils eussent une image du plaisir de la vendange, et pensassent y avoir été.

Quand Eudrome fut près de s'en aller, Daphnis lui fit don de plusieurs choses, mêmement de ce que peut donner un chevrier, comme de beaux fromages, d'un petit chevreau, d'une peau de chèvre blanche, ayant le poil fort long, pour se couvrir l'hiver quand il allait en course; dont il fut bien aise, baisa Daphnis, en lui promettant dire de lui tous les biens du monde à leur maître. Ainsi s'en retourna le coureur à la ville, bien affectionné en leur endroit; et Daphnis demeura aux champs en grand souci avec Chloé. Elle avait bien autant de peur pour lui que lui-même songeant que c'était un jeune garçon qui n'avait jamais rien vu sinon ses chèvres, la montagne, les paysans et Chloé, et bientôt allait voir son maître, dont à peine il avait ouï le nom avant cette heure-là. Elle s'inquiétait aussi comment il parlerait à ce maître, et était en grand émoi touchant leur mariage, ayant peur qu'il ne s'en allât comme un songe en fumée; tellement que pour ces pensers leurs ordinaires baisers étaient mêlés de crainte, et leurs embrassements soucieux, ou ils demeuraient longtemps serrés dans les bras l'un de l'autre; et semblait que déjà ce maître fût venu, et que de quelque part il les eût pu voir. Comme ils étaient en cette peine, encore leur survint-il un trouble nouveau.

Il y avait là auprès un bouvier nommé Lampis, de naturel malin et hardi, qui pourchassait aussi avoir Chloé en mariage, et à Lamon avait fait pour cela plusieurs présents, lequel ayant senti le vent que Daphnis la devait épouser, pourvu que le maître en fût content, chercha les moyens de faire que ce maître fût courroucé à eux; et sachant surtout qu'il prenait grand plaisir à son jardin, délibéra de le gâter et diffamer tant qu'il pourrait. Or, s'il se fût mis à couper les arbres, on l'eût pu entendre et surprendre; il pensa donc de plutôt faire le gât dans les fleurs. Si attendit la nuit, et passant par-dessus la petite muraille, s'en va les arracher, rompre, froisser fouler toutes comme un sanglier, puis sans bruit se retire : âme ne l'aperçut.

Lamon, le jour venu, entra au jardin comme de coutume, pour donner aux fleurs l'eau de la fontaine, quand il vit toute la place si outrageusement vilenée, qu'un ennemi en guerre ouverte, venu pour tout saccager, n'y eût su pis faire, lors il déchira sa jaquette, s'écriant : « O dieux ! » si fort que Myrtale, laissant ce qu'elle avait en main, s'en courut vers lui ; et Daphnis, qui déjà chassait ses bêtes aux champs, s'en recourut aussi au logis ; et voyant ce grand désarroi, se prirent tous à crier, et en criant à larmoyer ; mais vaines étaient toutes leurs plaintes.

Si n'était pas merveille que eux, qui redoutaient l'ire de leur seigneur, en pleurassent ; car un étranger même, à qui le fait n'eût point touché, en eût bien pleuré de voir un si beau lieu dévasté, la terre tout en désordre, jonchée du débris des fleurs, dont à peine quelqu'une, échappée à la malice de l'envieux gardait ses vives couleurs, et ainsi gisante était encore belle. Les abeilles volaient alentour en murmurant continuellement, comme si elles eussent lamenté ce dégât ; et Lamon tout éploré disait telles paroles : « Ah ! mes beaux rosiers, comme ils sont rompus ! ah ! mes violiers, comme ils sont foulés ! mes hyacinthes et mes narcisses sont arrachés ! Ç'a bien été quelque méchant et mauvais homme qui me les a ainsi perdus. Le printemps reviendra, et ceci ne fleurira point : l'été retournera, et ce lieu demeurera sans parure ; l'automne, il n'y aura point ici de quoi faire un bouquet seulement. Et toi, sire Bacchus, n'as-tu point eu de pitié de ces pauvres fleurs, que l'on a ainsi, toi présent et devant tes yeux, diffamées, desquelles je t'ai fait tant de couronnes ? Comment maintenant montrerai-je à mon maître son jardin ? que me dira-t-il, quand il le verra si piteusement accoutré ? ne fera-t-il pas pendre ce malheureux vieillard, comme Marsyas, à l'un de ces pins ? Si fera, et à l'aventure Daphnis aussi quant et quant, pensant que ç'aura été sa faute, pour avoir mal gardé ses chèvres. »

Ces regrets et pleurs de Lamon leur redoublèrent le deuil à tous, pour ce qu'ils déploraient non plus le gât des fleurs, mais le danger de leurs personnes. Chloé lamentait son pauvre Daphnis, s'il fallait qu'il fut pendu, et priait aux dieux que ce maître tant attendu ne vînt plus; et lui étaient les jours bien longs et pénibles à passer, pensant voir déjà comme l'on fouetterait le pauvre Daphnis.

Sur le soir, Eudrome leur vint annoncer que dans trois jours seulement arriverait leur vieux maître; mais que le jeune, qui était son fils, viendrait dès le lendemain. Si se mirent à consulter entre eux ce qu'ils avaient à faire touchant cet inconvénient, et appelèrent à ce conseil Eudrome, qui voulant du bien à Daphnis, fut d'avis qu'ils déclarassent la chose à leur jeune maître comme elle était avenue; et si leur promit qu'il les aiderait, ce qu'il pouvait très bien faire, étant en la grâce de son maître, à cause qu'il était son frère de lait; et le lendemain firent ce qu'il avait dit. Car Astyle vint le lendemain à cheval, et quant et lui un sien plaisant qu'il menait pour passer le temps, à cheval aussi, lui jeune homme à qui la barbe commençait à poindre, l'autre rasé jà de longtemps. Arrivé ce jeune maître, Lamon se jeta devant ses pieds, avec Myrtale et Daphnis, le suppliant avoir pitié d'un pauvre vieillard, et le sauver du courroux de son père, attendu qu'il ne pouvait mais de l'inconvénient, et lui conte ce que c'était, Astyle en eut pitié, entra dans le jardin, et ayant vu le gât, leur promit les excuser, et en prendre sur lui la faute, disant qui ç'auraient été ses chevaux qui, s'étant détachés, auraient ainsi rompu foulé, froissé, arraché tout ce qui était de plus beau.

Pour cette bénigne réponse, Lamon et Myrtale firent prière aux dieux de lui accorder l'accomplissement de ses désirs. Mais Daphnis lui apporta davantage de beaux présents, comme des chevreaux, des fromages, des oiseaux avec leurs petits, des grappes tenant au sarment, et des pommes encore aux branches ; et aussi lui donna Daphnis de ce fameux vin odorant que produit Lesbos, vin le meilleur de tous à boire. Astyle loua ses présents, et lui en sut fort bon gré ; et, en attendant son père, se divertissait à chasser au lièvre, comme un jeune homme de bonne maison, qui ne cherchait que nouveaux passe-temps, et était là venu pour prendre l'air des champs.

Mais Gnathon était un gourmand, qui ne savait autre chose faire que manger et boire jusqu'à s'enivrer, et après boire assouvir ses déshonnêtes envies, en un mot, toute gueule et tout ventre, et tout... ce qui est au-dessous du ventre ; lequel ayant vu Daphnis quand il apporta ses présents, ne faillit à le remarquer ; car, outre ce qu'il aimait naturellement les garçons, il rencontrait en celui-ci une beauté telle, que la ville n'en eût su montrer de pareille. Si se proposa de l'accointer, pensant aisément venir à bout d'un jeune berger comme lui. Ayant tel dessein dans l'esprit, il ne voulut point aller à la chasse avec Astyle, ains descendit vers la marine, là où Daphnis gardait ses bêtes, feignant que ce fût pour voir les chèvres ; mais au vrai c'était pour voir le chevrier. Et afin de le gagner d'abord, il se mit à louer ses chèvres, le pria de lui jouer sur sa flûte quelque chanson de chevrier, et lui promit qu'avant peu il le ferait affranchir, ayant, disait-il, tout pouvoir et crédit sur l'esprit de son maître.

Et comme il crut s'être rendu ce jeune garçon obéissant, il épia le soir sur la nuit qu'il ramenait son troupeau au tect, et accourant à lui, le baisa premièrement puis lui dit qu'il se prêtât à lui en même façon que les chèvres aux boucs. Daphnis fut longtemps qu'il n'entendait point ce qu'il voulait dire, et à la fin lui répondit

que c'était bien chose naturelle que le bouc montât sur
la chèvre, mais qu'il n'avait oncques vu qu'un bouc
saillît autre bouc, ni que les béliers montassent l'un
sur l'autre, ni les coqs aussi, au lieu de couvrir les
brebis et les poules.

Non pour cela Gnathon lui mit la main au corps,
comme le voulant forcer. Mais Daphnis le repoussa
rudement, avec ce qu'il était si ivre qu'à peine se te-
nait-il en pieds, le jeta à renverse; et partant comme
un jeune levron, le laisse étendu, ayant affaire de quelqu'un pour le relever. Daphnis de là en avant ne s'approcha plus de lui, mais menait ses chèvres paître
tantôt en un lieu, tantôt en un autre, le fuyant autant
qu'il cherchait Chloé. Gnathon même ne le poursuivait
plus depuis qui l'eut reconnu non seulement beau,
mais fort et raide jeune garçon; si cherchait occasion
propre pour en parler à Astyle, et se promettait que le
jeune homme lui en ferait don, ayant accoutumé de ne
lui refuser rien. Toutefois pour l'heure il ne put; car
Dionysophane et sa femme Cléariste arrivèrent, et y
avait dans la maison grand tumulte de chevaux, de
valets, d'hommes et de femmes; mais en attendant
qu'il le trouvât seul, il lui préparait une belle harangue
de son amour.

Or avait Dionysophane les cheveux déjà demi blancs,
grand et bel homme d'ailleurs, et qui de la disposition
de sa personne eût encore tenu bon aux jeunes gens;
riche autant que qui que ce fût des citoyens de sa ville,
et de meilleur cœur que pas un. Il sacrifia le premier
jour de son arrivée aux divinités champêtres, à Cérès,
à Bacchus, à Pan, aux Nymphes et fit un festin à toute
sa famille. Les jours suivants, il visita les champs que
visitait Lamon; et voyant par tout terres bien labou-
rées, vignes bien façonnées, le verger beau au demeurant, car Astyle avait pris sur lui le gât des fleurs et
du jardin, il fut fort joyeux de trouver tout en si bon

ordre; et louant Lamon de sa diligence, il lui promit
la liberté.

Cela vu, il alla voir aussi les chèvres et le chevrier
qui les gardait. Chloé, ayant peur et honte tout ensemble de si grande compagnie, s'enfuit cacher dedans
le bois. Daphnis demeura, et se présenta les épaules
couvertes d'une peau de chèvre à long poil; une panetière toute neuve en écharpe à son côté, tenant en l'une
de ses mains de beaux fromages tout frais faits, et en
l'autre deux chevreaux de lait. Si jamais, comme l'on dit,
Apollon garda les bœufs de Laomédon, il était tel que
parut alors Daphnis, lequel quant à lui ne dit mot, mais
le visage plein de rougeur et les yeux baissés, s'incli-
nant devant le maître, lui offrit ses dons; et donc Lamon, prenant la parole dit : « C'est celui-ci mon maître,
« qui garde tes chèvres. Tu m'en baillas cinquante
« avec deux boucs, et il t'en as fait cent, et dix boucs.
« Vois-tu comme elles sont grasses et bien vêtues, et
« qu'elles ont les cornes entières et belles ! il les a
« instruites, et sont toutes apprises à entendre la mu-
« sique, et font tout ce qu'on veut en oyant seulement
« le son de la flûte. »

Cléariste, qui était là présente, eut envie d'en voir
l'expérience. Si commanda à Daphnis qu'il joua de la
flûte ainsi qu'il avait accoutumé quand il voulait faire
faire quelque chose à ses chèvres; et lui promit, s'il
flûtait bien, de lui donner un sayon neuf, une chemi-
sette et des souliers. Adonc Daphnis debout sous le
chêne, toute la compagnie en rond autour de lui, tira
sa ffûte de sa panetière, et premièrement souffla un
bien peu dedans; soudain ses chèvres s'arrêtant, le-
vèrent toutes la tête : puis sonna pour les faire paître,
et toutes aussitôt, mettant le nez en terre, se prirent à
brouter; puis il leur sonna un chant mol et doux, et
incontinent se couchèrent à terre; un autre clair et
aigu, et elles s'enfuirent dans le bois comme à l'ap-

proche du loup; tôt après un son de rappel, et adonc sortant toutes du bois, se vinrent rendre à ses pieds. Varlets ne sauraient être plus obéissants au commandement de leur maître qu'elles étaient au son de la flûte; de quoi tous les assistants demeurèrent émerveillés, spécialement Cléariste, laquelle jura qu'elle donnerait ce qu'elle avait promis au gentil chevrier, qui était si beau et savait si bien jouer de la flûte. Après cela, ils s'en allèrent, et, rentrés au logis, soupèrent, et envoyèrent à Daphnis de ce qui leur fut servi, qu'il mangea avec Chloé, joyeux de goûter les mets apprêtés à la façon de la ville; au reste ayant bonne espérance de parvenir du gré de ses maîtres au mariage de son amie.

Mais Gnathon, que la beauté de Daphnis, tel qu'il l'avait vu avec son troupeau, enflammait de plus en plus, croyant ne pouvoir sans lui avoir aise ni repos, profita d'un moment qu'Astyle se promenait seul au jardin, le mena dans le temple de Bacchus, et là se mit à lui baiser les mains et les pieds; et qu'Astyle lui demandant pourquoi il faisait tout cela, et que c'était qu'il voulait dire : « C'en est fait, mon maître, dit-il, du pauvre Gnathon. Lui qui n'a été jusqu'ici amoureux que de bonne chère, qui ne voyait rien si aimable qu'une pleine jarre de vin vieux, à qui semblaient tes cuisiniers la fleur des beautés de Mitylène, il ne trouve plus rien de beau ni d'aimable que Daphnis seul au monde. Oui, je voudrais être une de ses chèvres, et laisserais là tout ce qu'on sert de meilleur à ta table, viande, poisson, fruit, confitures, pour paître l'herbe au son de sa flûte, et sous sa houlette brouter la feuillée. Mais toi, mon maître, tu le peux, sauve la vie à ton Gnathon, et, te souvenant qu'Amour n'a point de loi, prends pitié de son amour : autrement, je te jure mes grands dieux qu'après m'être bien empli le ventre, je prends mon couteau, je m'en vas devant la porte de Daphnis, et là je me tuerai tout de bon, et tu n'auras plus à qui tu puisses dire : « Mon petit Gnathon, Gnathon mon « ami. »

Le jeune homme de bonne nature ne put souffrir de voir ainsi Gnathon pleurer, et derechef lui baiser les mains et les pieds, mêmement qu'il avait éprouvé que c'est de la détresse d'amour. Si lui promit qu'ils demanderait Daphnis à son père, et l'emmènerait comme pour être son serviteur à la ville, où lui Gnathon en pourrait faire tout ce qu'il voudrait; puis, pour un peu le conforter, lui demanda en riant s'il n'aurait point de honte de baiser un petit pâtre tel que ce fils de Lamon, et le grand plaisir que ce lui serait d'avoir à ses côtés couché un gardeur de chèvres; et en disant cela il faisait un fi! comme s'il eut senti la mauvaise odeur du bouc. Mais Gnathon, qui avait appris aux tables des volupt
eux tant qu'il se peut dire et conter de propos d'amour, pensant voir bien de quoi justifier sa passion, lui répondit d'assez bon sens : « Celui qui aime, ô mon cher maître, ne se soucie point de tout cela : ains n'y a chose au monde, pourvu que beauté s'y trouve, dont on ne puisse être épris. Tel a aimé une plante, tel un fleuve, tel autre jusqu'à une bête féroce ; et si pourtant quelle plus triste condition d'amour que d'avoir peur de ce qu'on aime ? Quant à moi, ce que j'aime est serf par le sort, mais noble par la beauté. Vois-tu comment sa chevelure semble la fleur d'hyacinthe, comment au-dessous des sourcils ses yeux étincellent ne plus ne moins qu'une pierre brillante mise en œuvre! comment ses joues sont colorées d'un vif incarnat! et cette bouche vermeille ornée de dents blanches comme ivoire, quel est celui si insensible et si ennemi d'Amour qui n'en désirât un baiser ? J'ai mis mon amour en un pâtre; mais en cela j'imite les dieux. Anchise gardait les bœufs, Vénus le vint trouver aux champs; Branchus paissait les chèvres, et Apollon l'aima ; Ganymède

était berger, et Jupiter le ravit pour en avoir son plaisir. Ne méprisons point un enfant auquel nous voyons les bêtes si obéissantes ; mais bien plutôt remercions les aigles de Jupiter, qui souffrent telle beauté demeurer encore sur la terre. »

Astyle à ces mots se prit à rire, disant qu'Amour, à ce qu'il voyait, faisait de grands orateurs, et depuis cherchait occasion d'en pouvoir parler à son père. Mais Eudrome avait écouté en cachette tout leur devis ; et étant marri qu'une telle beauté fû' abandonnée à cet ivrogne, outre ce que d'inclination il voulait grand bien à Daphnis, alla aussitôt tout conter et à lui-même et à Lamon. Daphnis en fut tout éperdu de prime abord, délibérant s'enfuir plutôt avec Chloé, ou bien ensemble mourir. Mais Lamon appelant Myrtale hors de la cour : « Nous sommes perdus, ma femme, lui dit-il ; voici tantôt découvert ce que nous tenions caché. Deviennent ce qu'elles pourront et les chèvres et le reste ; mais, par les Nymphes et Pan, dussé-je, comme on dit, rester bœuf à l'étable et ne faire plus rien, je ne me tairai point de la fortune de Daphnis, ains déclarerai comment je l'ai trouvé abandonné, dirai comment je l'ai vu nourri, et montrerai ce que j'ai trouvé quant et lui, afin que ce coquin voie où s'adresse son amour. Prépare-moi seulement les enseignes de reconnaissance. » Cela dit, ils rentrèrent tous deux.

Cependant Astyle, trouvant son père à propos, lui demanda permission d'emmener Daphnis à Mitylène, disant que c'était un trop gentil garçon pour le laisser aux champs, et que Gnathon l'aurait bientôt instruit au service de la ville. Le père y consentit volontiers ; et faisant appeler Lamon et Myrtale, leur dit pour bonne nouvelle que Daphnis, au lieu de garder les bêtes, servirait de là en avant son fils Astyle en la ville, et promit qu'il leur donnerait deux autres bergers au lieu de lui. Adonc, étant jà les autres esclaves accourus, bien

joyeux d'avoir un tel compagnon, Lamon demanda
congé de parler; ce qui lui étant accordé, il parla en
cette sorte : « Je te prie, mon maître, écoute un propos
véritable de ce pauvre vieillard; je jure les Nymphes
et le dieu Pan que je ne te mentirai d'un mot. Je ne
suis pas le père de Daphnis, ni n'a été ma femme Myrtale si heureuse que de porter un tel enfant. Il fut exposé tout petit par des parents qui en avaient possible
assez d'autres plus grands. Je le trouvai abandonné de
père et mère, allaité par une de mes chèvres, laquelle
j'ai enterrée dans le jardin, après qu'elle fut morte de
sa mort naturelle, l'ayant aimée pource qu'elle avait
fait œuvre de mère envers cet enfant. Je trouvai quant
et quant des joyaux qu'on avait laissés avec lui, pour
une fois le reconnaître. Je le confesse et les garde;
car ce sont des marques auxquelles on peut voir qu'il
est issu de bien plus haut état que le nôtre. Or, ne
suis-je point marri qu'il serve ton fils Astyle, et soit
à beau et bon maître un beau et bon serviteur : mais je
ne puis du tout souffrir qu'on le livre à Gnathon, pour
en faire comme d'une femme. »

Lamon, ayant dit ces paroles, se tut, et répandit
force larmes. Gnathon fit du courroucé en le menaçant
de le battre; mais Dionysophane, frappé de ce qu'avait
dit Lamon, regarda Gnathon de travers, et lui commanda qu'il se tût; puis interrogea de rechef le vieillard, lui enjoignant de dire vérité sans controuver des
menteries pour cuider retenir son fils. Lamon, persis-
tant dans son dire, attesta les dieux, et s'offrit à tout
souffrir s'il mentait. Dionysophane adonc examinant
ses paroles avec Cléariste, assise auprès de lui : « A
quelle fin aurait Lamon controuvé ce récit, vu que
pour un chevrier on lui en veut donner deux? Comment serait - ce qu'un rude paysan eût inventé tout
cela? Puis n'était-il pas visible qu'un si bel enfant
n'avait pu naître de telles gens? » Si pensèrent d'un

commun accord que, sans y songer davantage ni tant
deviner, il fallait voir les enseignes de reconnaissance,
pour s'assurer si elles appartenaient, ainsi qu'il disait,
à plus haut état que le sien. Myrtale les alla incontine.
quérir dedans un vieux sac où ils les gardaient. Le
premier qui les vit fut Dionosyphane ; et dès qu'il aperçut le petit mantelet d'écarlate, avec une boucle d'or
et le couteau à manche d'ivoire, il s'écria à haute voix :
O Jupiter ! et appela sa femme pour les voir aussi ;
laquelle sitôt qu'elle les vit, s'écria semblablement :
« O fatales déesses ! ne sont-ce point là les joyaux que
nous mîmes avec notre enfant, quand nous l'envoyâmes
exposer par notre servante Sophroné ! Il n'y a point
de doute, ce sont ceux-là mêmes. Mon mari, l'enfant
est nôtre. Daphnis est ton fils, et garde les chèvres de
son propre père. »

Comme elle parlait encore, et que Dionysophane,
jetant abondance de larmes de grande joie qu'il avait,
baisait ces enseignes de reconnaissance, Astyle, ayant
entendu que Daphnis était son frère, posa vitement sa
robe, et s'en courut par le jardin, pour être le premier
à le baiser. Daphnis, le voyant accourir vers lui avec
tant de gens, et qu'il criait : Daphnis, Daphnis, pensant
que ce fût pour le prendre, jette sa flûte et sa panetière, et se met à fuir vers la mer pour se précipiter du
haut du rocher ; et possible Daphnis, par étrange acci-
dent, allait être aussitôt perdu que retrouvé, si Astyle,
se doutant pourquoi il fuyait, ne lui eût crié de tout
loin : « Arrête, Daphnis, n'aie point de peur : je suis
ton frère ; tes maîtres sont tes parents ; Lamon nous a
tout conté, nous a tout montré ; regarde seulement,
vois comme nous rions. Mais baise-moi le premier. Par
les Nymphes, je ne te mens point. »

A peine s'arrêta Daphnis quand il eut ouï ce serment,
et attendit Astyle, qui, les bras ouverts, accourait, et
l'ayant joint, l'embrassa. Puis toute la maison, servi-

teurs, servantes, père, mère, venus à leur tour, l'embrassaient, le baisaient. Lui de sa part leur faisait fête, mais sur tous autres à son père et à sa mère, et semblait qu'il les connût jà longtemps auparavant, tant les serrait contre son sein, et à peine se pouvait arracher de leurs bras. Nature se reconnaît d'abord. Il en oublia un moment Chloé. Si le conduisirent au logis, et ils lui donnèrent une belle et riche robe neuve ; puis, étant vêtu, fut assis auprès de son père, qui leur commença tel propos :

« Mes enfants, je fus marié bien jeune, et, après quelque temps, devins père bien heureux, comme il me semblait pour lors ; car le premier enfant que ma femme fit fut un fils, le second une fille, et le troisième fut Astyle. Je pensai que trois me seraient suffisante lignée ; et venant celui-ci auprès tous, le fis exposer en maillot, avec ses bagues et bijoux, que je croyais pour lui ornements funéraires plutôt que marques destinées à le faire connaître un jour. Ma fortune en avait autrement disposé. Car mon fils aîné et ma fille moururent de même mal en même jour ; et toi Daphnis, par la providence des dieux, tu nous as été conservé, afin que nous ayons plus de support en notre vieillesse. Pourtant ne me hais point, mon fils, de t'avoir fait exposer ; ainsi le voulaient les dieux. Et toi, qu'il ne te fâche, Astyle, de partager ton héritage ; car il n'est richesse, qui vaille un bon frère. Aimez-vous, mes enfants, l'un l'autre ; et quant aux biens, vous en aurez de quoi n'envier rien aux rois. Je vous laisserai grandes terres, nombre de gens habiles à tout, or, argent, et de toutes choses qu'ont les hommes riches et heureux. Mais je veux que mon fils Daphnis en son partage ait ce lieu-ci, et lui donne Lamon et Myrtale, et les chèvres qu'il a gardées. »

Il parlait encore ; et Daphnis, sautant en pieds soudainement.

« Tu m'en fais souvenir, mon père : je m'en vais mener boire mes chèvres, dit-il. Elles ont soif à cette heure, et attendent pour aller boire le son de ma flûte, et je suis assis à ne rien faire. » Chacun se prit à rire de voir Daphnis qui, devenu maître, voulait être encore chevrier. On envoya quelque autre avoir soin de ses chèvres, et puis ils sacrifièrent à Jupiter Sauveur et firent grand festin. Gnathon seul n'osa s'y trouver, mais demeurait jour et nuit dans le temple de Bacchus, comme un suppliant, pour la peur qu'il avait de Daphnis.

Le bruit incontinent s'étant épandu partout que Dionysophane avait retrouvé un sien fils, et que Daphnis, qui menait les chèvres aux champs, était devenu le maître et des chèvres et des champs, les voisins paysans accoururent de toutes parts pour se conjouir avec lui, et faire des présents à son père, et Dryas tout des premiers, le nourricier de Chloé. Dionysophane les retint tous pour la fête, ayant fait d'avance préparer force pain, force vin, du gibier de toute sorte, des gâteaux au miel à foison, veaux et petits cochons de lait, et victimes à immoler aux dieux protecteurs du pays.

Et lors Daphnis amassa tous ses meubles de chevrier, dont il fit présent aux dieux, consacrant sa panetière et sa peau de chèvre à Bacchus, à Pan sa flûte, sa houlette aux Nymphes avec ses sébiles à traire, qu'il avait lui-même faites. Mais, tant est plus douce que richesse une première accoutumance, il ne pouvait sans pleurer laisser aucune de ces choses. Il ne suspendit ses sébiles qu'après y avoir trait ses chèvres, ni ne donna sa flûte à Pan qu'il n'en eût joué encore une fois, ni sa peau de chèvre à Bacchus qu'après se l'être vêtue ; et chaque chose qu'il donnait, il la baisait premièrement. Il dit adieu à ses chèvres ; il appela ses boucquins l'un après l'autre par leur nom ; il but aussi à la fontaine où tant de fois il avait bu avec sa

Chloé; mais il n'osait encore parler de leurs amours.

Or, cependant qu'il entendait aux offrandes et sacrifices, voici qu'il avint de Chloé. Seulette aux champs, elle était assise à garder ses moutons, disant comme pauvre délaissée : « Daphnis m'oublie . maintenant il songe à quelque riche mariage. Pourquoi lui ai-je fait jurer, au lieu des Nymphes, ses chèvres ? Il les a oubliées aussi, et même en sacrifiant aux Nymphes et à Pan, n'a point désiré voir Chloé. Il aura trouvé chez sa mère les servantes mêmes plus belles. Adieu donc, Daphnis. Sois heureux ; mais moi je ne saurais plus vivre. »

Elle étant en cette rêverie, le bouvier Lampis, aidé de quelques autres paysans, la vint enlever, croyant que Daphnis ne devait plus l'épouser, et que Dryas, quand une fois elle serait entre ses mains, consentirait qu'elle lui demeurât. La pauvrette, comme on l'emportait, criait tant qu'elle pouvait ; et quelqu'un qui vit cette violence, s'encourut avertir Napé, et elle Dryas, et Dryas Daphnis, lequel, à peine qu'il ne sortît du sens, n'osant recourir à son père, et ne pouvant néanmoins laisser Chloé sans secours, il s'en alla dans le jardin, et là faisait ses plaintes tout seul : « O malheureux que je suis d'avoir retrouvé mes parents ! Combien m'eût été meilleur de garder toujours les bêtes aux champs ! combien plus étais-je content quand j'étais serf avec Chloé ! Alors je la voyais, alors je la baisais : et maintenant Lampis l'a ravie, et s'en va avec ; et quand la nuit sera venue, il se couchera avec elle, pendant que je suis ici à boire et faire bonne chère. J'ai donc en vain juré mes chèvres, le dieu Pan et les Nymphes. »

Or Gnathon, qui était caché dedans la chapelle du verger, entendit clairement ces complaintes de Daphnis ; et pensant que c'était une bonne occasion pour faire sa paix avec lui, prit quelques jeunes valets d'Astyle, et s'en alla après Dryas, lui disant qu'il les conduisît en la maison de Lampis, ce qu'il fit; et diligentèrent si bien, qu'ils surprirent Lampis ainsi comme il ne faisait que d'entrer en son logis avec Chloé, laquelle il lui ôta d'entre les mains à force, et dola très bien les épaules de tous les rustauds qui lui avaient aidé à faire ce rapt, à grands coups de bâton; puis voulut prendre et lier Lampis, pour l'amener prisonnier; mais il se sauva de vitesse.

Gnathon, ayant fait un tel exploit, s'en retourna qu'il était jà nuit toute noire, et trouva Dionysophane jà couché en son lit dormant. Mais le pauvre Daphnis veillait, et était encore dedans le verger, où il se déconfortait et pleurait : si lui amena Chloé, et la lui livrant entre ses mains, lui conta comme il avait fait, le priant de ne se vouloir souvenir en rien du passé, mais l'avoir pour sien serviteur, ni le débouter de sa table, sans laquelle il lui serait forcé de mourir de male faim. Daphnis, la tenant de Gnathon, fut facile à faire appointement avec lui, et envers elle s'excusa de ce qu'il pouvait sembler l'avoir oubliée; et de commun consentement furent d'avis de ne point encore déclarer leur mariage; que Daphnis continuerait de voir Chloé en secret, et ne découvrirait son amour qu'à sa mère. Mais Dryas ne le permit point, ains le voulut dire lui-même au père de Daphnis, se faisant fort de lui faire bien accorder. Si prit le lendemain, aussitôt qu'il fut jour, les enseignes de reconnaissance qu'il avait trouvées avec Chloé, et s'en alla devers Dionysophane, qu'il trouva dans le verger, assis avec Cléariste et leur deux enfants, Astyle et Daphnis; si leur commença à dire : « Même nécessité me contraint de vous déclarer un secret tout pareil à celui de Lamon, c'est que je n'ai engendré ni nourri le premier cette jeune fille Chloé : autre que moi l'a engendrée; une brebis l'a allaitée dedans la caverne des Nymphes, où enfant elle fut exposée. Je la vis : ébahi, je la pris, l'emportai, et depuis l'ai nourrie et élevée. Sa beauté même le témoigne, car elle ne tient en rien de nous ; aussi font les marques et enseignes que je trouvai avec elle, plus riches que ne porte l'état d'un pauvre pâtre. Voyez-les, et puis cherchez ses vrais parents, si à l'aventure elle serait point sortable pour femme à Daphnis. »

Dryas ne jeta point sans dessein cette parole, ni Dionysophane ne la reçut en vain ; mais prenant garde au visage de Daphnis, et le voyant changer de couleur et se détourner pour pleurer, connut bien incontinent qu'il y avait des amourettes entre eux deux ; et étant soigneux de son fils plus que de la fille d'autrui, examina le plus diligemment qu'il put la parole de Dryas : et quand encore il eut vu les marques de reconnaissance qui avaient été exposées avec elle, c'est à savoir des patins dorés, des chausses brodées, et une coiffe d'or, adonc appela-t-il Chloé, et lui dit qu'elle fît bonne chère, pource que jà elle avait trouvé un mari, et bientôt après trouverait son vrai père et sa mère.

Cléariste dès lors la prit avec elle, la vêtit et accoutra comme femme de son fils. Mais Dionysophane appela Daphnis à part, et lui demanda si elle était encore pucelle. Daphnis lui jura qu'elle ne lui avait rien été de plus près que du baiser, et du serment par lequel ils avaient promis mariage l'un à l'autre. Dionysophane se prit à rire de ce serment, et les fit tous deux dîner avec lui.

Là eût-on pu voir ce que c'est qu'ornement à naturelle beauté ; car Chloé vêtue, et coiffée bien que de sa simple chevelure, et ayant lavé son visage, sembla à chacun si belle par-dessus le passé, que Daphnis même à peine la reconnaissait ; et quiconque l'eût vue en tel état n'eût point fait doute d'affirmer par serment qu'elle n'était point fille de Dryas, lequel toutefois était à table comme les autres avec sa femme Napé, et

Lamon et Myrtale aussi, tous quatre sur un même lit.

Quelques jours après, on fit derechef des sacrifices aux dieux pour l'amour de Chloé, comme on l'avait fait pour Daphnis, et fit-on semblablement le festin de sa reconnaissance ; et elle de son côté distribua ses meubles de bergerie aux dieux, sa flûte et les tirouers où elle tirait les brebis, et épandit, dedans la fontaine qui était en la caverne des Nymphes, du vin, à cause qu'elle avait été trouvée et nourrie auprès d'icelle fontaine ; et sema de chapelets et bouquets de fleurs la sépulture de la brebis que Dryas lui enseigna, et joua encore de sa flûte pour réjouir ses brebis, faisait prière aux Nymphes que ceux qui seraient trouvés ses naturels parents fussent dignes d'être alliés de Daphnis.

Après qu'ils eurent fait assez de fêtes et de bonne chère aux champs, ils délibérèrent de s'en retourner à la ville, afin de chercher les parents de Chloé, pour ne différer plus les noces : par quoi, dès le matin, firent trousser tous leur bagage, et donnèrent à Dryas encore autres trois cents écus, et à Lamon la moitié des fruits de toutes les terres et vignes qu'il tenait, les chèvres avec leurs chevriers, quatre paires de bœufs, des robes fourrées pour l'hiver, et par-dessus tout cela la liberté à lui et sa femme Myrtale ; puis cheminèrent vers Mitylène, avec grand train de chevaux et de chariots.

Or, ce jour-là, parce qu'ils arrivèrent le soir bien tard, les autres citoyens de la ville n'en surent rien : mais le lendemain au plus grand matin, le bruit en était couru partout. Il s'assembla au logis de Dionysophane grande multitude d'hommes et de femmes ; les hommes pour s'éjouir aussi avec le père de ce qu'il avait retrouvé son fils, mêmement après qu'ils eurent vu comme il était beau et gentil ; et les femmes pour s'éjouir aussi avec Cléariste de ce que non-seulement elle avait recouvré son fils, mais aussi trouvé une fille digne d'être sa femme ; car Chloé les étonna toutes quand elles virent en elle une si parfaite beauté, qu'il n'était possible d'en avoir une plus belle. Bref, toute la ville ne parlait d'autre chose que de ce jeune fils et de cette jeune fille, et disait chacun que l'on n'eût su choisir une plus belle couple : si priaient tous aux dieux que la parenté de la fille fût trouvée correspondante à sa beauté. Il y eut plusieurs femmes de riches maisons qui souhaitèrent en elles-mêmes, et dirent : Plût aux dieux que l'on pensât assurément qu'elle fût ma fille ?

Mais Dionysophane, après avoir quelque temps pensé à cette affaire, s'endormit sur le matin profondément; et en dormant lui vint un songe : il lui fut avis que les Nymphes priaient Amour de parfaire et accomplir à la fin le mariage qu'il leur avait promis ; et qu'Amour, détendant son petit arc, et le jetant en arrière auprès de son carquois, commanda à Dionysophane qu'il envoyât le lendemain semondre tous les premiers personnages de la ville pour venir souper en son logis; et qu'au dernier cratère, il fît apporter sur table les enseignes de reconnaissance qui avaient été trouvées avec Chloé, et qu'il les montrât à tous les conviés; puis, cela fait, qu'ils chantassent la chanson nuptiale d'hyménée.

Dionysophane, ayant eu cette vision en dormant, se leva de bon matin, et commanda à ses gens que l'on préparât un beau festin, où il y eût de toutes les plus délicates viandes que l'on trouve tant en terre qu'en mer, ès lacs et ès rivières; envoya quant et quant prier de souper chez lui tous les plus apparents de la ville.

Quand la nuit fut venue, et le cratère empli pour les libations à Mercure, lors un serviteur de la maison apporta dedans un bassin d'argent ces enseignes, et les montra de rang à chacun des conviés. Il n'y eut personne des autres qui les reconnût fors un nommé Mégaclès, qui, pour sa vieillesse, était au bout de la table, lequel, sitôt qu'il les aperçut, les reconnut incontinent, et s'écria tout haut : « Dieux ! que vois-je là ? Ma pauvre fille, qu'es-tu devenue ? es-tu en vie ? ou si quelque pasteur a enlevé ces enseignes qu'il aura par fortune trouvées en son chemin ? Je te prie, Dionysophane, de me dire dont tu les as recouvrées : n'aie point d'envie que je retrouve ma fille comme tu as recouvré Daphnis. »

Dionysophane voulut premièrement qu'il contât devant la compagnie comment il avait fait exposer son enfant. Adonc Mégaclès, d'une voix encore toute émue : « Je me trouvai, dit-il, longtemps y a, quasi sans bien, pource que j'avais dépendu tout le mien à faire jouer des jeux publics, et à faire équiper des navires de guerre ; et lorsque cette perte m'advint, il me naquit une fille, laquelle je ne voulus point nourrir en la pauvreté où j'étais, et pourtant la fis exposer avec ces marques de reconnaissance, sachant qu'il y a plusieurs gens qui, ne pouvant avoir des enfants naturels, désirent être pères en cette sorte, à tout le moins d'enfants trouvés. L'enfant fut portée en la caverne des Nymphes, et laissée en la protection et sauvegarde d'icelles. Depuis, les biens me sont venus par chacun jour en grande affluence, et si n'avais nul héritier à qui je les pusse laisser, car depuis je n'ai pas eu l'heur de pouvoir avoir une fille seulement, mais les dieux, comme s'ils se voulaient moquer de moi, m'envoient souvent des songes, lesquels me promettent qu'une brebis me fera père. »

Dionysophane, à ce mot, s'écria encore plus fort que n'avait fait Mégaclès ; et se levant de la table, alla quérir Chloé, qu'il amena vêtue et accoutrée fort honnêtement ; et la mettant entre les mains de Mégaclès, lui dit : « Voici l'enfant que tu as fait exposer, Mégaclès ; une brebis, par la providence des dieux, te l'a nourrie, comme une chèvre m'a nourri Daphnis. Prends-là avec ces enseignes, et, la prenant, rebaille-la en mariage à Daphnis. Nous les avons tous deux exposés, et tous deux les avons retrouvés ; ils ont été tous deux nourris ensemble, et tout de même ont été préservés par les Nymphes, par le dieu Pan et par Amour.

Mégaclès s'y accorda incontinent, et envoya quérir sa femme, qui avait nom Rhodé, tenant cependant toujours sa fille Chloé entre ses bras ; et demeurèrent tous deux chez Dionysophane au coucher, pource que Daphnis avait juré qu'il ne souffrirait emmener Chloé à personne, non pas à son propre père. Et le lendemain au matin, ils prièrent tous les deux leurs pères et mères qu'ils leurs permissent de s'en retourner aux champs, parce qu'ils ne se pouvaient accoutumer aux façons de faire de la ville, et aussi qu'ils voulaient faire des noces pastorales ; ce qui leur fut permis. Si s'en retournèrent au logis de Lamon, et présentèrent au bonhomme Mégaclès le nourricier de Chloé, Dryas et sa femme Napé à la mère Rhodé.

Le festin nuptial fut somptueusement préparé, et Mégaclès derechef dévoua sa fille Chloé aux Nymphes ; et outre plusieurs autres offrandes, leur donna les enseignes auxquelles elle avait été reconnue, et donna encore bonne somme d'argent à Dryas.

Dionysophane, pource que la jour était beau et serein, fit dresser dedans l'antre même des Nymphes des tables avec des lits de verte ramée, où prirent place tous les paysans de là à l'entour. Lamon et Myrtale y étaient, Dryas et Napé, les parents de Dorcon, les enfants de Philétas, Chromis et Lycénion. Lampis même y vint, après qu'on lui eut pardonné et là, comme entre villageois, tout s'y disait et faisait à la villageoise ; l'un chantait les chansons que chantent les moissonneurs au temps des moissons, l'autre disait des brocards qu'on a accoutumé de dire en foulant la vendange. Philétas joua de sa flûte, Lampis du flageolet; et cependant Daphnis et Chloé se baisaient l'un l'autre.

Les chèvres mêmes paissaient là auprès, comme si elles eussent été participantes de la bonne chère des noces, ce qui ne plaisait pas à ceux venus de la ville; et Daphnis, en appelant aucunes par leurs propres noms, leur donnait de la feuillée verte à brouter, et, les prenait par les cornes, les baisait. Et non pas lors seulement, mais, en tout le reste de leur vie, passèrent le plus du temps et la meilleure partie de leurs jours en état de pasteurs; car ils acquirent force troupeaux de chèvres et de brebis, eurent toujours en singulière révérence les Nymphes et le dieu Pan, et ne trouvèren point à leur goût de meilleure viande, ni plus savoureuse nourriture que du fruit et du lait; et qui est plus, firent têter à leur premier enfant, qui fut un fils, une chèvre; et, au second, qui fut une fille, firent prendre le pis d'une brebis, et le nommèrent Philopœmen, et la fille Agélée; et ainsi vécurent aux champs longues années en grandes soulas. Ils eurent soin aussi de faire honorablement accoutrer la caverne des Nymphes, y dédièrent de belles images, et y édifièrent un autel d'Amour pastoral; et à Pan, au lieu qu'il était à découvert sous le pin, firent faire un temple qu'ils appelèrent le temple de Pan le Guerroyeur.

Tout cela fut longtemps après; mais pour lors, quand la nuit fut venue, tous le monde les convoya jusqu'en leur chambre nuptiale, les uns jouant de la flûte, les autres du flageolet, et aucuns portant des fallots et flambeaux allumés devant eux; puis, quand ils furent à l'huis de la chambre, commencèrent à chanter l'hyménée d'une voix rude et âpre, comme si avec une marre ou un pic ils eussent voulu fendre la terre.

Cependant Daphnis et Chloé se couchèrent nus dans le lit, là où ils s'entre-baisèrent et s'entre-embrassè-

rent sans clore l'œil de tout la nuit, non plus que chats-
chuants ; et fit alors Daphnis ce que Lycenion lui avait
appris ; à quoi Chloé connut bien que ce qu'ils faisaient
paravant dedans les bois et emmi les champs n'était
que jeux de petits enfants

IMPRIMERIE DE POISSY. — S. LEJAY ET Cⁱᵉ.

PROGRAMME

A mesure que la République, au prix des plus grands sacrifices, répand l'instruction dans toutes les classes de la société, le besoin de lire devient chaque jour plus grand, le champ de la curiosité intellectuelle s'élargit; déjà, par la presse, des notions sommaires circulent à travers la masse des citoyens, éveillent en eux la volonté de connaître plus complètement les hommes et les œuvres dont le nom passe sans cesse sous leurs yeux:

Mais, pour satisfaire ces légitimes aspirations, que d'obstacles surgissent devant la grande majorité des lecteurs. D'une part, le prix élevé des livres; d'autre part, la difficulté de faire un choix, d'opérer une sélection dans la liste parfois considérable des ouvrages de chaque auteur.

Ces considérations nous ont déterminé à fonder, sous le titre : *Les Livres du Peuple*, une bibliothèque républicaine qui, sous un format élégant, et pour un prix insignifiant, fournira aux hommes avides à la fois d'instruction et de saines distractions l'aliment généreux et réconfortant dont notre littérature française est une source inépuisable.

Dix centimes le volume, 36 pages de texte, contenant une œuvre ou des fragments d'œuvres à la fois intéressants et instructifs, signées des noms les plus illustres de notre pays: c'est là que nous avons trouvé la solution du problème. Chaque semaine, dans la chambre du travailleur un nouvel hôte viendra s'asseoir pour lui donner des enseignements ou éveiller son imagination, et à la fin de l'année, ces volumes formeront une sorte d'encyclopédie de la pensée humaine.

Des illustrations soignées y ajouteront un attrait particulier.

Nous estimons que, dans le développement de la conscience républicaine, dans la notion juste des droits et des devoirs, réside l'avenir de notre pays. Nous avons la ferme conviction qu'il faut combattre par l'instruction rationnelle les enseignements mystiques et faux du cléricalisme. Notre Bibliothèque sera une arme de propagande démocratique et nous avons l'espoir que le public nous aidera à la porter haute et ferme dans la lutte de l'obscurantisme contre la pensée libre.

Histoire, philosophie, théâtre, romans, sciences physiques et naturelles, industrie, toutes les branches des connaissances humaines trouveront place dans *les Livres du Peuple*.

Nous avons confié la direction de cette œuvre éminemment utile à M. Jules Lermina, dont le républicanisme éprouvé, le talent littéraire et la grande érudition sont pour tous le garant des tendances qui seront imprimées à notre Bibliothèque et du goût qui présidera au choix des publications. Tous les républicains voudront lire et propager ces excellents livres.

www.ingramcontent.com/pod-product-compliance
Ingram Content Group UK Ltd.
Pitfield, Milton Keynes, MK11 3LW, UK
UKHW020053080726
13614UKWH00004B/1997